MANDRIN.

UN BRIGAND AU XVIIIᵉ SIÈCLE.

MANDRIN

ÉTUDE EXTRAITE DE DOCUMENTS INÉDITS

Conservés dans

LES ARCHIVES DE SAINT-ÉTIENNE DE SAINT-GEOIRS,

par

A.-Paul SIMIAN,

Avocat à la cour impériale de Paris.

(Extrait de la Revue des Alpes, 3ᵉ année.)

GRENOBLE.
MAISONVILLE ET FILS, IMPRIMEURS-ÉDITEURS,
rue du Quai, 8.

1860.

UN BRIGAND AU XVIIIᵉ SIÈCLE.

Conserver la Couverture

MANDRIN

ÉTUDE EXTRAITE DE DOCUMENTS INÉDITS

Conservés dans

LES ARCHIVES DE SAINT-ÉTIENNE DE SAINT-GEOIRS,

par

A.-Paul SIMIAN,

Avocat à la cour impériale de Paris.

(Extrait de la Revue des Alpes, 3ᵉ année.)

GRENOBLE.
MAISONVILLE ET FILS ET JOURDAN, LIBRAIRES,
rue du Quai, 8.

1860.

Prix : 75 cent.

MANDRIN.

—

On a beaucoup écrit sur Mandrin. Notices et biographies, feuilletons et brochures, libelles diffamatoires et panégyriques effrontés : on a tout épuisé.

Les uns, forts de leur conscience d'honnêtes gens, ont déchiré comme à plaisir la mémoire du contrebandier, et ont inventé, pour l'enlaidir davantage, les crimes les plus horribles, les plus noirs forfaits (1).

---

(1) Voir, dans ce sens, la notice, assez bonne du reste, de l'abbé Regley, intitulée : *La vie et la mort de Mandrin*; Paris, 1755, in-8.

Les autres, doués d'une imagination plus brillante, ont prétendu retrouver dans notre héros un type entièrement effacé de nos jours, celui des voleurs de grands chemins, qui descendaient des anciens chevaliers errants, faisaient, comme eux, la guerre pour leur compte, mêlaient des principes d'honneur et de générosité à leurs violentes exactions, et acquéraient une véritable célébrité.

D'autres sont allés plus loin encore (il est vrai que ce n'était guère la peine de s'arrêter en si beau chemin) et ont entrelardé les grands coups d'épée de leur paladin de je ne sais quelle amoureuse histoire assurément très-romanesque, mais aussi fort peu véridique.

Quant à nous, avec les écrivains sérieux de notre époque, nous avons préféré l'histoire au roman ; au rêve, la réalité.

Ce but, sans doute, va paraître bien mesquin à quelques-uns de nos lecteurs que nous soupçonnons fort de cousiner un peu avec *ma tante Sara* du spirituel Topffer (1); mais

---

(1) Dans la charmante nouvelle intitulée : *Le Grand Saint-Bernard.*

nous devons dire, au risque d'encourir le reproche de témérité, que cela nous importe en vérité fort peu.

I.

Louis Mandrin naquit à Saint-Etienne de Saint-Geoirs (généralité de Grenoble, élection de Romans), le 11 février 1725, et non pas en 1722, comme le prétendent des biographes mal informés. Il appartenait à une famille vouée à l'agriculture et au commerce, qui était d'origine allemande. Son grand-père, qui s'établit le premier à Saint-Etienne, au commencement du XVIIe siècle, était un juif converti au christianisme. Son père se nommait François-Antoine Mandrin, et exerçait la profession de marchand de chevaux, et sa mère s'appelait Marguerite Veyron Charlet (1).

Le futur contrebandier fut le fils aîné de ces honnêtes paysans. Il eut une sœur plus jeune que lui, nommée Marie, née le 18 septembre 1726, et un frère, appelé Claude, que nous verrons plus tard jouer un assez triste rôle, et dont nous n'avons pu retrouver l'acte de naissance, même après de minutieuses investigations.

Ce fut au milieu de cette famille aux mœurs primitives et pures, dans un village où jusqu'alors le vol était chose inconnue, que Mandrin fut initié au rude métier de la vie. Chose étrange! il eut une mère saintement chrétienne, une mère qui lui inculqua de bonne heure les principes de la foi, qu'il devait sitôt oublier.

Quoi qu'il en soit, dès sa plus tendre jeunesse, le futur brigand montra une intelligence vive, beaucoup d'esprit naturel, et en

---

(1) Registres de l'état civil de la paroisse de St-Etienne de St-Geoirs, tom. IV, folio 167.

même temps une grande activité physique, un grand amour du mouvement.

Ce goût, inné chez le jeune paysan de nos campagnes, fut amplement satisfait par la nature même du métier auquel se livrait le père de Mandrin. Marchand de chevaux (et non pas maréchal-ferrant, comme le répètent à tort toutes les biographies), il était obligé de fréquenter assidûment les foires du voisinage. entre autres les foires célèbres de Burcin et de Beaucroissant, dont notre savant professeur d'histoire, M. Macé, nous a raconté l'intéressante origine (1).

Or, la délicatesse n'est pas toujours la vertu distinctive des marchands de chevaux. On connaît les nombreux exploits des muletiers de Cervantes et des âniers de Lesage. Il est donc à croire que le jeune Mandrin puisa de bonne heure dans l'existence errante des maquignons le goût du vagabondage, et apprit en même temps de ces illustres maîtres l'art si difficile. mais si dangereux, de tromper.

_____

(1) Dans la *Revue des Alpes*.

En 1745, Mandrin, âgé de vingt ans, remplaça son père, après avoir commencé sous ses auspices le métier lucratif de maquignon. Car il n'est point vrai de dire, comme le prétend notamment Feller, dans sa *Biographie universelle* (1), que Mandrin ait été militaire, et il est encore moins vrai d'ajouter, comme l'écrivent certains auteurs peu soucieux de la vérité (2), qu'il se soit illustré en Italie sous le commandement du duc de Coigny (3).

---

(1) Art. MANDRIN.

(2) Voyez, par exemple, le petit livre intitulé : *La Mandrinade*; Paris, 1755, in-8 de 48 pages, et l'écrit qui porte ce titre : *Précis de la vie de L. Mandrin*, in-4 de 4 pages.

(3) François de Franquetot, duc de Coigny, né en Normandie en 1670, mort en 1759, servit d'abord en Flandre, puis sur le Rhin. En 1734, il remplaça Villars dans le commandement de l'armée d'Italie, et gagna, avec Broglie, les batailles de Parme et de Guastalla sur les Impériaux. Envoyé de nouveau sur le Rhin, en 1735, il eut pour adversaire le prince Eugène ; mais toute la campagne se passa en savantes manœuvres. Néanmoins, Coigny fut créé maréchal de France en 1741, duc en 1747, et gouverneur de Caen. Il avait eu pour secrétaire, pendant ses campagnes, notre célèbre compatriote Gentil-Bernard.

En effet, la campagne dont il s'agit eut lieu en 1734, époque à laquelle Mandrin, âgé de moins de dix ans, était bien loin de songer à combattre les ennemis de la France.

Nous avons, du reste, acquis la certitude que notre compatriote, de déplorable mémoire, n'a jamais été que fournisseur de chevaux des armées du roi.

Quelles sont maintenant les causes prédominantes de la vie aventureuse de cet enfant inconnu de Saint-Etienne?

C'est ce que nous allons essayer d'examiner.

Nous ne dirons pas, avec l'immense majorité des biographes, que Mandrin embrassa la carrière immorale du crime parce qu'il était poussé par une de ces influences secrètes imaginées par Spurzheim, par Neumann et le docteur Gall.

C'est là une manière ingénieuse d'expliquer les choses qui, à notre avis, n'explique rien du tout.

Mais nous dirons avec M. Buisson, alors lieutenant de châtellenie à Saint-Etienne, dont l'opinion à cet égard est confirmée par une tradition constante, que le dépit et la misère causés par une mortalité de chevaux et par divers comptes non soldés de fournitures faites au gouverneur du Dauphiné, furent les causes les plus connues, sinon les seules, des forfaits si nombreux du trop célèbre brigand (1).

Après cela, nous pourrions aisément, à l'exemple de la plupart des faiseurs de biographies, raconter mille détails sur la jeunesse de Mandrin, empruntés à des recueils d'anecdotes plus ou moins ridicules; citer de lui une foule de bons mots extraits du *Scaligeriana*, et qui avaient cours déjà au temps de Cicéron; puis, brochant sur le tout, ajouter à cet ensemble de graves puérilités quelque conte bien scandaleux « pour l'esbattement du benoît lecteur, » comme aurait dit ce bonhomme de Rabelais (2).

---

(1) Ces renseignements sont puisés dans une correspondance inédite et très-curieuse entre M. de Moidieu, procureur général au parlement de Dauphiné, et M. Buisson.

(2) On peut citer comme un chef-d'œuvre dans ce genre, l'*Oraison funèbre de messire L. Mandrin, colonel géné-*

Nous préférons, toutefois, avouer humble-
ment notre ignorance à ce sujet, et suivre ce
proverbe de Sancho Pança, notre maître à
tous : « Dans le doute, abstiens-toi. »

Nous sommes mieux renseigné sur les
avantages physiques de l'illustre bandit, qui,
à nos yeux, sont incontestables. Nous n'irons
pourtant pas jusqu'à dire, avec Mme Clémence
Robert (1) (dont nous apprécions du reste
infiniment le beau style), que « ce terrible
« chef de brigands était un jeune homme d'une
« taille élevée et élégante, d'une figure par-
« faitement régulière; qu'il avait de longs
« cheveux noirs ondoyants sur un front d'une
« éclatante blancheur, d'admirables yeux
« bleus, voilés de cils noirs, des formes sou-
« ples et gracieuses, une main d'une distinc-
« tion parfaite. »

---

ral des contrebandiers de France ; Lyon, 1755, in-4 de
8 pages.

(1) Dans son roman plus ou moins historique intitulé :
Mandrin, page 68 de l'édition publiée par Arnauld de
Vresse.

Nous nous contenterons de citer une partie d'une lettre écrite par M. Buisson à M. de Moidieu, le 31 mars 1753, qui nous donne de Mandrin le signalement suivant (1) : « Taille « cinq pieds quatre pouces, cheveux chastains « tirant beaucoup sur le blond, court et non « frisés, yeux gris ou roux enfoncés, sourcils « non fournis, visage gros, ovale, un peu mar-« qué de petite vérole ; nez proportionné et « assez bien tiré ; la bouche assez grande, un « peu enfoncée ; les lèvres ny grosses ny « petites, le manton un peu pointu et un peu « avancé en dehors ; bonne mine, les épaules « grosses, le reste du corps de même ; robuste, « bien planté, gros gras de jambe ; portant « toujours une ceinture de la largeur de demi « pied, dans laquelle on dit qu'il tient son ar-« gent ; portant un habit de drap d'Elbeuf « gris qui a été tourné sans paremens aux « manches, y ayant seulement une pièce de

---

(1) Ce signalement n'est pas complètement inédit ; il a été déjà publié dans le *Moniteur viennois*, par M. Victor Tesle, en 1849.

« la même étoffe avec quatre boutonnières,
« ce qu'on appele *à la Cuisinière;* portant un
« grand chapeau dont l'aile de derrière est
« presque toujours abattue, il la met ordinai-
« rement devant, de manière qu'elle luy
« couvre une partie du visage; culottes de
« peau forte, assez usées. y ayant quelques
« dessins à côté et au-dessous des bouton-
« nières du genouil; portant presque toujours
« des guestres, il en a actuellement de ratine
« couleur de gris d'épine presque neuves; il a
« une camisolle de mouleton croisée qu'il
« porte presque toujours sous son habit avec
« une vieille veste rompue de la même étoffe
« que son habit. . . . .

« Voilà, Monsieur, le signalement tel que
« j'ai pu le faire, sans avoir Louis Mandrin
« sous les yeux. »

Nous ne savons pas si nos lecteurs penseront
comme nous, mais, quant à nous, nous trouvons ce fragment de lettre, avec son ortho-
graphe primitive et naïve du temps passé,
mille fois plus intéressant que les inventions
romanesques d'un auteur contemporain.

Nous avons entendu dire un jour par un homme d'esprit tant soit peu original, qu'il pouvait y avoir de la poésie partout, jusque dans un procès-verbal.

En vérité, pourquoi pas ? Si, par exemple, ce procès-verbal était l'œuvre d'un de ces *clercs de la Basoche*, qui furent les pères de notre ancien Théâtre-Français.

II.

Après cette digression un peu longue peut-être, mais qui nous a semblé nécessaire, il est temps de déterminer l'époque à laquelle Mandrin débuta dans la triste carrière du crime, qui devait le conduire plus tard à la honte et à la roue.

Sur ce point, comme sur tant d'autres, les biographes sont en désaccord.

Un fait qui a échappé à tous nos prédécesseurs, va servir à fixer notre opinion à cet égard.

Au commencement de l'année 1748, le bruit se répandit à Saint-Etienne et dans les villages voisins, qu'un certain Cl... J... (1), maréchal-ferrant, assisté dans ses ténébreuses expériences par Louis Mandrin, s'occupait secrètement de la fabrication de la fausse monnaie. Peu à peu la rumeur grandit, et parvint enfin aux oreilles du parlement de Dauphiné. Mais comme le bruit public méritait confirmation, et comme, d'un autre côté, un pareil fait paraissait incroyable, même à cette époque, le premier président du parlement crut devoir adresser au principal inculpé l'ordre suivant, que nous copions textuellement ici, en faveur de ceux qui désirent connaître les formules employées en matière d'instruction criminelle il y a un siècle :

Honoré-Henry de Piolenc, chevalier, seigneur de Beauvoisin, Thoury, la Tour d'Origny, etc., Conseiller du Roy en tous ses conseils, premier

---

(1) Nous supprimons le nom, pour ne pas offenser de justes susceptibilités.

président en sa cour de parlement, aydes et finances de Dauphiné.

Il est ordonné au nommé Cl.... J.... maréchal-à-forge, habitant au lieu de Saint-Etienne de Saint-Geoirs, de venir incessamment nous rendre compte de sa conduite, à peine de prison.

À Grenoble, le 12 mars 1748.

Signé : PIOLENC.

Et plus bas,

Par Monseigneur : CHENAVIER (1).

Quoi qu'il en soit, Mandrin et son complice, poursuivis dès lors par les brigades de la maréchaussée, devinrent des parias dans la société, et se jetèrent à corps perdu dans une vie aventureuse, qui devait les rapprocher bientôt des bandes de contrebandiers, si nombreux alors dans notre province.

Au XVIIIe siècle pourtant, la législation ré-

----

(1) Archives de Saint-Etienne de Saint-Geoirs, pièces relatives à Mandrin ; p. n° 2 et annexes.

primait les excès des contrebandiers avec la plus grande rigueur. Ainsi, une déclaration du roi Louis XV, donnée à Versailles, le 2 août 1729, et enregistrée par la cour des aides le 12 septembre de la même année, punissait de mort et de confiscation de leurs biens les individus convaincus d'avoir fait partie d'une association de contrebandiers. Elle frappait également de la peine capitale les commis et employés des fermes qui étaient d'intelligence avec les débitants de marchandises prohibées (1). Cette loi pénale n'épargnait pas même le sexe des deux le plus faible, envers lequel notre moderne législation s'est montrée si peu sévère, et nous lisons (avec un étonnement facile à comprendre aujourd'hui), dans la déclaration de 1729 (2), que les femmes coupables d'avoir recélé des marchandises de contrebande devaient être condamnées au fouet, à la fleur-de-lis, au bannissement pour trois ans, et, en cas de récidive, au bannissement à perpétuité.

---

(1) Déclaration du 2 août 1729, art. 2.
(2) Art. 6.

Cette déclaration de Louis XV ordonnait en outre aux syndics, manants et habitants des bourgs et villages par lesquels viendraient à passer des contrebandiers armés, de sonner le tocsin et de poursuivre ces malfaiteurs, le tout à peine de cinq cents livres d'amende, prononcée solidairement contre les communautés (1).

En présence de pareilles dispositions législatives, on se demande comment put subsister, et même s'étendre de plus en plus, la contrebande en Dauphiné.

Eh bien ! nous trouvons une solution de ce problème historique dans un excellent travail publié en 1857, par M. de Lavergne, sous le titre de *Mémoire sur l'économie rurale de la France.*

« Le Dauphiné, dit cet auteur, avait autre-
« fois la prétention de former un état à part,
« annexé et non réuni à la couronne; tel était,
« du moins, l'esprit du traité de cession fait

---

(1) Art. 8.

« en 1349 par le dernier dauphin. De fréquents
« empiétements de l'autorité royale ayant
« porté atteinte au contrat, le mécontente-
« ment se manifestait de temps en temps par
« de sourdes résistances. Quand la réforme
« vint, l'esprit d'opposition prit ce prétexte,
« et une véritable révolte éclata. Au fond, il
« s'agissait moins de religion que de politi-
« que, et, à la faveur des luttes de parti, les
« hommes de désordre, de pillage et de sang
« se donnaient pleine carrière. La province
« fut ravagée sans relâche pendant cinquante
« ans ; elle ne respira que sous Henri IV, quand
« le connétable de Lesdiguières, que l'orgueil
« local aimait à appeler *le roi du Dauphiné*,
« s'y fut créé une sorte de principauté indé-
« pendante. Après Lesdiguières, le pouvoir
« royal s'appesantit de nouveau. La province
« avait conservé ses anciens états, Louis XIII
« les suspendit, Louis XIV n'était pas homme
« à les lui rendre, et, jusqu'à la veille de 1789,
« elle gémit sous une administration qu'elle
« regardait comme illégale. »

Qu'est-ce donc que la contrebande, qu'est-ce

2

que Mandrin lui-même, l'ennemi des lois, l'adversaire de la maréchaussée, si ce n'est une vivante protestation contre l'administration royale?

Malheureusement, Mandrin ne se contenta pas d'être une protestation contre le gouvernement royal, et il ajouta bientôt à la contrebande le vol et la rapine, pour en venir ensuite au meurtre et à l'assassinat.

Ce fut vers 1750 que commença à se former l'association coupable à la tête de laquelle se mit le contrebandier stéphanois. Cette bande, qui devait bientôt après faire trembler toutes les provinces méridionales de la France, se composa d'abord de quelques affidés, au nombre desquels nous pouvons citer Claude Mandrin, frère de Louis Mandrin; Pierre Fleuret dit Court-Toujours, Antoine Saulze-Coquillou et Jacques Ferrier, tous de Saint-Etienne de Saint-Geoirs, qui furent plus tard les chefs de la troupe de Mandrin (1).

---

(1) Lettre de M. Buisson à M. de Moidieu, du 31 mars 1753; mandat d'arrêt *inédit* du procureur général au parlement de Dauphiné, en date du 30 mars 1753.

Parmi ces compagnons, ou, si l'on nous permet d'employer le mot traditionnel, parmi ces lieutenants du célèbre bandit, la plupart de nos lecteurs seront sans doute étonnés de ne pas voir figurer Roquairol, qui, suivant les petits livres à l'usage des bonnes gens, fut le *bras droit* du contrebandier dauphinois.

Si jusqu'à présent nous n'avons pas parlé de Roquairol, la cause en est simple : ce fameux brigand n'a jamais existé.

Je sais bien que, vers 1835, de prétendus *Mémoires de Roquairol* furent publiés simultanément dans plusieurs recueils périodiques, entre autres dans le *Musée des familles*, sous les auspices d'un homme qui fut lui-même une énigme morale : Vidocq.

Mais je puis affirmer avec certitude que ces mémoires, qui sont peut-être l'œuvre de quelque malfaiteur inconnu, sont complètement apocryphes.

On me répondra sans doute que ce récit, écrit dans la langue ou l'argot des gueux et des voleurs, présente des caractères irrécusables d'authenticité.

Que le style de cet écrit soit détestable,

je ne le conteste pas. Ce que je puis attester seulement en toute sûreté de conscience, c'est que, parmi les nombreuses pièces relatives à Mandrin, que j'ai trouvées dans les archives de Saint-Étienne, il n'y en a pas une qui contienne le nom de Roquairol.

Toutefois, je ne m'en suis pas tenu à ce premier indice : j'ai interrogé les vieillards de mon pays natal et ceux qui cultivent encore les souvenirs du temps passé, et tous m'ont répondu que Roquairol n'avait jamais été compagnon de Mandrin.

Quoi qu'il en soit, la bande, peu nombreuse d'abord, du célèbre contrebandier choisit pour lieu de repaire, suivant quelques biographes, la forêt de Bonneveau, ou, selon d'autres, les bois qui, à cette époque, étaient voisins de la ville de la Côte-Saint-André.

Mme Clémence Robert a adopté cette dernière opinion, et voici en quels termes pompeux elle décrit les environs de la Côte-Saint-André (1) :

---

(1) Dans son ouvrage intitulé : *Mandrin*, ch. v, p. 61.

« Ce pays, situé au centre des monts les
« plus inaccessibles du Dauphiné, était encore
« entièrement inconnu à l'époque où nous
« nous trouvons, èt nul pas humain n'avait
« jamais pénétré dans ces vastes solitudes.

« D'un côté, étaient d'immenses forêts de
« chênes et de sapins, pavoisées de lianes qui
« enlaçaient les troncs d'arbres et déroulaient
« leur épais tissu dans des profondeurs rem-
« plies d'éternelles ténèbres; de l'autre s'é-
« tendait le chaos formé par des montagnes
« écroulées dans un éboulement volcanique,
« où se trouvaient mêlés, dans un hardi et
« magnifique désordre, des roches élancées,
« des pics incommensurables, de larges
« glaciers, des gouffres sans fond; au-dessus
« régnait un formidable dôme de neige, dont
« l'éternelle blancheur était coupée de cercles
« noirs par les aîles de l'aigle tournoyant. »

Cela est bien joli, bien géologique assurément, mais cela manque essentiellement de
vérité. Nous avons habité longtemps les alen-
tours de la Côte Saint-André, et (nous en
sommes fâché pour Mme Clémence Robert),

nous n'y avons jamais vu le moindre rocher, le moindre dôme de neige, si ce n'est en plein hiver, et.... sur le clocher de l'église.

On nous pardonnera, nous l'espérons, cette critique de détail, qui nous a été inspirée par notre amour pour la vérité.

Reprenons maintenant notre récit :

La bande de Mandrin se grossit bientôt d'une foule de déserteurs, de voleurs et de vagabonds. A cette époque, comme aujourd'hui, les assassins étaient rares ; ils jouaient leur vie. Mais, plus que de nos jours, les vagabonds étaient nombreux alors ; ils échangeaient leur liberté contre un morceau de pain ; on les redoutait ; rarement satisfaits, leurs besoins renaissaient sans cesse.

Enrôlés au service de Mandrin, ces déserteurs, ces voleurs et ces vagabonds se rendirent coupables de mille forfaits obscurs, qu'il serait trop long de raconter ici.

J'arrive immédiatement à un fait capital, qui, pourtant, a été omis dans toutes les biographies.

Voici ce fait, dont j'ai trouvé la preuve dans

un procès-verbal inédit (1), écrit sous la dictée de M. Buisson, châtelain de Saint-Etienne, par M. Veyron-Lacroix, secrétaire-greffier.

Le 3 janvier 1752, sur les cinq heures du soir, le nommé Jean Boulier, sacristain, étant allé fermer les portes de l'église de Saint-Etienne, aperçut un individu qui, caché dans une chapelle, essayait d'échapper à ses regards. Le sacristain s'approcha du lieu où il avait cru voir cet individu, et, à son grand étonnement, ne l'y trouva plus. Alors il ferma les portes et courut, tout effrayé, raconter ce fait à son père, Jean Boulier, procureur d'office (2) à Saint-Etienne de Saint-Geoirs. Ce dernier, officier de justice, fit ouvrir l'église, et, accompagné de M. Biessy, vicaire, et de plusieurs autres personnes, y fit des recherches longues et patientes, qui amenèrent enfin la découverte d'un inconnu blotti dans le banc de M. de Monts de Savasse (3).

---

(1) Archives de Saint-Etienne; pièce n° 3 de celles relatives à Mandrin.

(2) Le procureur d'office, à cette époque, remplissait à peu près le rôle de commissaire de police.

(3) Ancien banc seigneurial de Saint-Etienne.

On demanda à cet individu ce qu'il faisait là ; il répondit que, n'ayant point d'asile, il avait voulu passer la nuit dans la maison du Seigneur.

Malgré cette béate réponse, on le conduisit sur-le-champ chez M. Buisson, châtelain (1), qui le fit fouiller par le sieur Brissaud, sergent. A la grande stupéfaction des assistants, on trouva dans les poches de ce dévot personnage une somme de 350 fr. et 18 deniers en argent et menue monnaie, ainsi qu'un petit flacon rempli d'une liqueur visqueuse (2).

En présence d'un pareil résultat, on crut devoir mettre l'inculpé en prison.

Le lendemain, 4 janvier 1752, M. Biessy, vicaire, étant allé, sur les six heures du matin, à l'église, pour célébrer la sainte messe, s'approcha par hasard du tronc pour les réparations de l'église, et s'aperçut alors seulement qu'il avait été brisé par un audacieux malfai-

---

(1) Le châtelain, juge ordinaire dans le mandement de Saint-Etienne, exerçait des fonctions à peu près analogues à celles d'un juge de paix de notre temps.

(2) C'était de la glu.

teur, et que l'argent qui y était contenu avait disparu.

M. Biessy fit avertir incontinent de ce fait le châtelain de Saint-Etienne, qui procéda, le même jour, à un examen minutieux des autres troncs de l'église.

Le coffre où l'on tenait l'argent pour les âmes du purgatoire fut trouvé intact ; mais l'ouverture en était garnie de glu. On l'ouvrit, et, au lieu d'une somme assez considérable qui y était renfermée, on y trouva de petits morceaux de bois collés à sa surface intérieure.

On visita ensuite la cassette dans laquelle on mettait l'argent pour le luminaire de l'église, et on la trouva également vide.

Non loin de l'endroit où était placée cette cassette, on découvrit une baguette en bois, très-mince et assez longue, qui était toute gluante.

Ce fut toute une révélation. Il ne fut pas douteux, dès lors, que c'était à l'aide de cet instrument que l'on avait enlevé le contenu des troncs de l'église.

Le même jour, M. Buisson fit subir un long

interrogatoire au prévenu. Ce dernier déclara se nommer Ennemond Diot, et être né dans les environs de Lyon.

Il dit encore que, pressé par la faim, il avait quitté son pays et sa famille, pour se livrer au vagabondage et à l'oisiveté.

Dans son existence errante, ajouta-t-il, il eut le malheur de rencontrer, quelques mois auparavant, un jeune homme de bonne mine, qu'on lui dit être Claude Mandrin, lequel, par ses promesses et ses menaces, lui persuada de commettre le vol sacrilége qu'il venait de consommer.

Le vol était manifeste, le coupable avait avoué son crime ; il allait subir, sans doute, un châtiment terrible, ainsi que le voulaient les lois cruelles du temps (1).

Heureusement pour lui, Ennemond Diot sut échapper, par une prompte évasion, aux peines qui le menaçaient.

Encouragés par cet exemple d'impunité, le

---

(1) Avant 1789, le vol des choses sacrées était puni par le feu (Pastoret, *Des lois pénales*, Paris, 1790).

nombre des compagnons de Mandrin et leur audace progressèrent dans une mesure de plus en plus inquiétante pour la société.

« Ainsi, dit Servan (1), quand la vigilance
« de la justice s'endort, le crime se réveille ;
« il marche avec audace dès qu'il se croit sans
« témoins ; il attaque insolemment des ci-
« toyens dont les cris et le tumulte raniment
« trop tard un magistrat assoupi : c'est alors
« qu'ils peuvent se plaindre à la fois de celui
« qui a fait le mal et de celui qui n'a pas su
« le prévenir, et qu'en dénonçant le criminel,
« ils accusent le juge. »

III.

Pendant que Claude Mandrin faisait piller l'église de son pays natal, Louis Mandrin se livrait avec activité à la fabrication de la

---

(1) Discours sur l'administration de la justice criminelle, prononcé au parlement de Grenoble, en 1766.

fausse monnaie, et volait ainsi, à la fois, et l'Etat et les particuliers.

Le lieu où il confectionnait clandestinement cette monnaie de mauvais aloi était la grotte de la Balme (1), célébrée tant de fois par les écrivains du Dauphiné.

Là, on montre encore aujourd'hui une cavité dont l'entrée est tellement étroite, que quelques personnes ne peuvent pas y pénétrer.

C'est dans cet antre, disent les guides, que Mandrin s'adonnait à ses coupables expériences. On y voit, en effet, de nos jours encore, les traces irrécusables d'un ancien foyer creusé dans le roc, au-dessus duquel devait être placée une vaste chaudière (2).

---

(1) On a beaucoup discuté sur ce nom de *Balme*, donné à la grotte célèbre dont nous parlons ici. L'étymologie nous en paraît facile à trouver : c'est tout simplement un pléonasme, car Balme a toujours signifié une caverne, une cavité quelconque dans les rochers. BALMA, *caverna. antrum, spelunca.* (Du Cange, *Gloss.*, Carp., *Supp.*, Raynouard. *Lex. rom.*, v° *Balma*). *Baoumo*, dans le dialecte provençal, signifie également grotte, caverne.

(2) Ayant visité moi-même la grotte de la Balme il y a quelques années, je puis garantir la parfaite véracité de ces détails.

IV.

À la fin de l'année 1752, Mandrin cessa momentanément de fabriquer de la fausse monnaie, pour revenir à Saint-Étienne, et faire expier bien cruellement à ses concitoyens le malheur de l'avoir vu naître au milieu d'eux.

Altéré de vengeance, il dressa d'abord ses embûches contre M. Biessy, curé de Saint-Étienne (1), qui, on le sait, avait contribué à l'arrestation d'Ennemond Diot, l'un des plus dangereux compagnons du terrible contrebandier.

Mais M. Biessy avait pour égide l'affection toute filiale de ses paroissiens ; le bandit ne put parvenir jusqu'à lui.

Ne pouvant atteindre ce vénérable ecclésiastique, Mandrin rassembla ses compagnons

---

(3) Auparavant vicaire, M. Biessy avait succédé à M. Tabaret, curé, décédé pendant le mois de mai de l'année 1752.

et, avec eux, ravagea de fond en comble les propriétés de M. Biessy, dont les fruits étaient distribués chaque année aux plus pauvres habitants de Saint-Etienne.

Ainsi, nous lisons dans une lettre (1) écrite à M. de Moidieu par M. Buisson, que Mandrin fit couper, sur les terres du curé de Saint-Etienne, cent vingt mûriers, une centaine de souches et une douzaine de châtaigniers.

Nous y voyons encore que Mandrin cherchait en même temps à intimider le châtelain de Saint-Etienne, en proférant contre lui les menaces les plus épouvantables.

Enfin, les choses en vinrent à ce point, que le vénérable pasteur de St-Etienne fut obligé de s'enfuir, pour échapper aux entreprises criminelles des brigands devenus les maîtres de ce malheureux pays.

Ce fut seulement au commencement de l'année 1753, que la justice se souvint des devoirs qu'elle avait à remplir, et que le procureur général au parlement de Grenoble lança un

---

(1) Du 31 mars 1753.

mandat d'arrêt contre Mandrin et les autres chefs de sa bande.

Cette pièce inédite est trop curieuse pour que je ne la cite pas ici tout entière (1). D'ailleurs, en pareille matière, la méthode allemande, qui consiste à donner aux lecteurs le *prout jacet* des manuscrits, m'a toujours semblé la meilleure.

Voici donc la copie littérale du document dont je viens de parler :

« Gaspard-François de Berger, chevalier, « seigneur de Moydieu et de Villette, conseil- « ler du roy en ses conseils, conseiller hono- « raire et procureur général au parlement, « aydes et finances de Dauphiné.

« Il est ordonné aux officiers de la commu- « nauté de Saint-Etienne de Saint-Geoirs de « commander le nombre nécessaire de pay- « sans, pour arrêter et saisir au corps Louis « et Claude Mandrin frères, Benoît B...... et « Pierre Fleuret, et les conduire dans les pri-

---

(1) Ce document est conservé dans les archives de Saint-Etienne ; il porte le n° 4 de ceux relatifs à Mandrin.

« sons du bailliage de Saint-Marcellin, comme
« aussy il est ordonné aux officiers et cava-
« liers de maréchaussée de cette province,
« de prêter tout le secours, ayde et main-
« forte nécessaires auxdits officiers et pay-
« sans, et de se transporter partout où besoin
« sera, à leur requis et à l'exibition (*sic*) de
« nos ordres, pour faciliter la capture et tra-
« duction desdits Mandrin, Benoît B...... et
« Fleuret ; prions tous ceux qui sont à prier,
« et ordonnons à tous ceux qu'il appartiendra
« de n'apporter aucun trouble ny empêche-
« ment auxdits officiers, cavaliers et paysans,
« pour l'exécution du présent, et au contraire
« de les ayder en tout ce qu'ils auront besoin
« pour son entière exécution.

« Fait à Grenoble, sous l'empreinte de nos
« armes et le contre-seing de notre secrétaire,
« le 30 mars 1753.

« Signé :

« MOYDIEU.

« Et plus bas :
« Par Monseigneur :
« GIRART. »

Que faisait Mandrin, tandis que le procureur général appelait sur lui et sa bande toutes les rigueurs de la justice ?

Sans doute il fuyait, sans doute il essayait d'échapper à la maréchaussée qui le poursuivait.....

Non, il s'érigeait en maître dans son pays, et, au nom de l'assassinat, il opprimait une population faible et pusillanime.

Mais laissons parler M. Buisson, témoin oculaire de ces faits; laissons-le nous raconter les angoisses de ses concitoyens.

« Nous ne savons plus que devenir, écrivait
« le châtelain de St-Etienne au procureur gé-
« néral de Moydieu (1): les désordres augmen-
« tent tous les jours, tout le pays est en
« alarme, plusieurs personnes n'osent plus
« sortir de chez elles. L'on attaqua hier, sur
« environ une heure après midi, quatre per-
« sonnes, dans le grand chemin qui va de St-
« Etienne à la Forteresse, à la distance d'un

---

(1) Le 31 mars 1753.

« demi-quart de lieue de St-Etienne, l'une
« desquelles n'eut la force que d'aller mourir
« à quelques pas de là. Sur les six heures du
« soir, je fus faire la levée du corps mort,
« j'en dressai un procès-verbal, dès que je fus
« arrivé icy (à St-Etienne), n'ayant pu le faire
« sur les lieux, parce qu'il étoit nuit close, et
« que, d'ailleurs, il faisoit un grand vent. Je
« fis apporter ce cadavre à St-Etienne sur un
« brancard, il étoit couvert de sang et de bles-
« sures; je n'ay pu en faire dresser rapport
« par un chirurgien, parce que nous n'en avons
« point icy. Je l'ay fait ensevelir dans le cime-
« tière, luy ayant trouvé dans ses poches trois
« livres de piété, l'un intitulé : *Méditations*
« *sur la passion de N. S. J.-C.*; l'autre, *Pen-*
« *sées chrétiennes*, et le troisième, *Chemin du*
« *ciel*.

« On pourra le faire déterrer pour en faire
« la visite, on l'a cacheté sur le front et sur
« les mains. Plusieurs personnes ont vu com-
« mettre ce mulctre; dès qu'on vouloit
« s'avancer, les mulctriers mettoient le fusil
« en joue; heureusement on fit faire feu une
« fois sur l'une de ces personnes. On m'a dit

« que les auteurs de cet assassinat sont Louis
« Mandrin, Benoît B...., Pierre Fleuret dit
« Court-Toujours et Antoine Saulze-Coquil-
« lou, tous quatre de St-Etienne. J'ay écrit
« aujourd'huy à M. Mante, vostre substitut au
« bailliage de St-Marcellin, je lui ay envoyé
« une copie du procès-verbal que j'ay fait, je
« lui ay marqué les noms de ces mulctriers et
« ceux des témoins, qui sont au nombre de
« seize. J'ai oublié de lui marquer qu'il seroit
« fort à propos de faire la procédure sur les
« lieux, parce que ces témoins seront très-
« exposés en chemin.

« Ces misérables, en effet, ne parlent que
« de tuer, brûler et saccager ; ils se voient
« perdus, ils agissent en désespérés ; tout le
« monde les craint ; nos habitants sont si là-
« ches, qu'il n'est pas possible de les porter à
« faire un coup de main pour les arrester ; ils
« paroissent tous les jours icy d'un air des
« plus hardis, même encore aujourd'huy. Je
« viens d'apprendre que le frère du défunt,
« dont j'ai fait la levée du corps, qui étoit du
« nombre des quatre particuliers arrestés, est

« mort aussy chez luy, n'ayant eu le temps
« que de s'y rendre sur un cheval.

« Ces pauvres gens sont de Beaucroissant,
« et leur nom est Roux; celuy qui est mort
« icy s'appelait Joseph, suivant qu'il l'avait
« marqué sur les livres qu'on luy a trouvés
« dans ses poches. Plusieurs personnes d'icy
« les connoissent; elles disent que c'éloient
« de fort braves gens, aisés et un peu hors du
« commun. »

Toutefois M. Buisson n'indique pas la cause
de ce meurtre, qui plongea dans la terreur
tout le bailliage de St-Marcellin. A cet égard,
un jugement inédit de l'intendant du Dauphiné (1), rendu le 22 mai 1753, viendra com-
pléter cette lugubre histoire.

Ce jugement est ainsi conçu :

« Pierre-Jean-François de la Porte, cheva-

---

(1) Archives de St-Etienne ; pièce n° 5 de celles relatives
à Mandrin.

lier, marquis de Presles, Mers, Saint-Chartier, Sarzay et autres lieux, seigneur de Meslay, Saint-Firmin et Linières, conseiller du roy en tous ses conseils, maître des requêtes ordinaire de son hôtel, intendant de justice, police et finances en Dauphiné.

« Vu le procès-verbal du tirage de la milice des communautés de Beaucroissant, St-Paul-d'Izeaux et la Forteresse, dressé en présence des officiers municipaux desdites communautés, le 30 mars dernier, celui dressé le même jour par le sieur Maucune de Beauregard, commissaire pour la levée des milices, contenant que, s'étant rendu le 29 mars au lieu d'Izeau, pour procéder à la levée d'un soldat de milice sur les communautés de St-Paul d'Izeau et la Forteresse, il auroit fait l'appel des garçons assemblés sujets au tirage, au nombre desquels étoit Pierre Brissaud, accompagné de Claude Brissaud son père, qui lui auroit fait quelques représentations pour dispenser ledit P. Brissaud du tirage ; qu'ayant renvoyé à statuer sur ces représentations après l'appel, ledit C. Brissaud auroit fait évader son fils pour le dispenser de tirer au sort, ce qui auroit mis ledit sieur Maucune de Beauregard dans le cas de déclarer P. Brissaud fugitif, et de donner au nommé Pierre Roux, milicien, la permission d'arrêter P. Brissaud ; ce qu'ayant voulu faire le 30 mars dernier dans le territoire de St-Etienne de St-Geoirs, assisté de Joseph et François Roux ses frères, de Joseph Tournier et Mathieu Baronnat, ils en auroient été empêchés par les nommés Benoît B....., Louis Mandrin, P. Fleuret et A. Saulze, qui avoient été prévenus de ce fait par G. Brissaud, fils de Claude, ce qui a donné lieu à une rixe arrivée à St-Etienne, dans laquelle J. Roux a été tué, et F. Roux blessé mortellement, ce qui donne lieu à une poursuite et instruction criminelle actuellement pendante au parlement de cette province.

« Nous intendant ordonnons que P. Brissaud, milicien fugitif, dont l'évasion a été favorisée par C. Brissaud son père, sera tenu, conformément à l'art. 35 de l'ordonnance du roi, du 6 août 1748, de faire le service de la milice, pendant dix années, dans le bataillon de Romans, à la décharge de P. Roux, à l'effet de quoi P. Brissaud sera tenu de se trouver aux assemblées dudit bataillon, toutes les fois qu'elles seront indiquées; et attendu que C. Brissaud, père dudit Pierre, l'a incité à s'absenter, l'avons condamné en 500 livres d'amende applicables, savoir, 100 livres au profit de la brigade de maréchaussée à la résidence de St-Marcellin, pour les courses extraordinaires qu'elle a été obligée de faire pour la capture de P. Brissaud et du nommé Benoît B......; 100 livres pour les frais de l'information faite les 12 et 13 avril dernier, et 300 livres au profit de l'hôpital général de Grenoble, le tout payable dans la huitaine de la signification de la présente ordonnance; et faute de ce faire par ledit C. Brissaud, il y sera contraint par toutes voyes dues et raisonnables, même par corps.

« Faisons de nouveau très-expresses inhibitions et défenses à toutes personnes de donner retraite ou de favoriser l'évasion d'aucun garçon sujet au sort de la milice, sous les peines portées par les ordonnances du roi.

« Ordonnons que la présente sera exécutée

nonobstant opposition ou appellation quelconque, etc...., etc....

« Fait à Grenoble, le 22 may 1753.

« *Signé* DE LA PORTE.

« Et plus bas,

« Par monseigneur :

« LA SALLE. »

Quel fut, après cela, le résultat de l'instruction commencée devant le parlement de Grenoble, dont parle ici l'intendant du Dauphiné ?

Après de longues et minutieuses recherches
dans les archives de Saint-Etienne, j'ai eu le
bonheur de mettre la main sur un certificat
inédit du châtelain de ce pays, qui va se charger de répondre à cette question.

Ce certificat le voici :

« Nous, lieutenant châtelain de St-Etienne
« de St-Geoirs, certifions que, dans ledit lieu,
« les nommés L. Mandrin, Benoit B...., P.
« Fleuret et A. Saulze, ont été accusés d'avoir

« commis un assassinat en la personne de
« Joseph Roux, de Beaucroissant, le 1ᵉʳ mars
« dernier, à raison de quoi nous avons in-
« formé, à la requête du procureur d'office de
« ce lieu; que le procès a été jugé définitive-
« ment, sur les réquisitions de monseigneur
« le procureur général au parlement de Gre-
« noble, par arrest du 21 du présent mois de
« juillet.

« Certifions de mesme que Pierre et Louis
« Mandrin de ce lieu, ainsi que Jacques Fer-
« rier ont, par le mesme arrest, été condam-
« nés pour crime de fausse monnoie.

« Fait à St-Etienne, ce 29 juillet 1753.

« *Signé* BUISSON,
« Lieutenant châtelain (1). »

En vertu de cette décision de la cour souve-
raine, les brigades de la maréchaussée s'élan-

_____

(1) Cette pièce est conservée dans les archives de St-
Etienne; elle porte le nº 9 de celles relatives à Mandrin.

cèrent à la poursuite de Mandrin et de ses complices.

Mais le hardi contrebandier, monté sur sa fameuse jument noire (1), au nom de laquelle les enfants de nos campagnes tressaillent encore, sut échapper une fois de plus aux actives recherches de ses ennemis. Toutefois, ce steeple-chase devint fatal pour l'un des compagnons du célèbre brigand.

Arrêté par les agents de la maréchaussée, Benoît B.... fut pendu comme voleur de grands chemins. Après sa mort, sa tête fut tranchée et exposée sur la principale place de St-Etienne de St-Geoirs (2).

La justice espérait arriver ainsi à l'intimidation. Elle se trompait.

Cette barbare tragédie ne produisit aucun

---

(1) Cette jument légendaire est encore aujourd'hui l'objet de naïfs récits qui excitent au plus haut degré, pendant les longues soirées de l'hiver, la curiosité de nos crédules paysans. Chez eux, on retrouve aussi cette singulière tradition suivant laquelle Mandrin, pour dépister ses ennemis, aurait retourné les fers de sa jument.

(2) Archives de St-Etienne, dossier concernant Mandrin, pièce n° 8.

effet sérieux. Ce qui le prouve, c'est que la bande de Mandrin se porta, à la fin de l'année 1753, à des excès tels, que le gouverneur du Dauphiné crut devoir adresser au roi un mémoire détaillé sur la situation malheureuse de ce pays (1). Mais les ministres, prétendant que cette province jouissait déjà d'assez grands priviléges et avait en elle des moyens suffisants de répression, refusèrent les secours demandés. Enfin, les choses en vinrent au point que M. de Machault, ministre de la guerre, ordonna la formation d'un camp devant Valence, pour opposer ainsi des troupes réglées à la bande indisciplinée de Mandrin.

Ce camp fut composé des régiments d'infanterie de Navarre, de Bretagne, de Bigorre, de Nice, de Vaubecourt et de la Roche-Aymon, et des régiments de dragons de Dauphiné et de Languedoc. Le marquis de Voyer, maréchal des camps et armées du roi, et inspecteur

---

(1) Terrier de Cléron, président à la chambre des comptes de Dôle: *Mandrin*, 1755, 1 vol. in-12.

général de la cavalerie, fut appelé à le commander. Il avait sous ses ordres le marquis de Monteynard, aussi maréchal de camp, les comtes de la Queuille et de la Roche-Aymon, généraux de brigade d'infanterie, et M. de Séverac de Jussac, brigadier de dragons. Le chevalier de Soupire remplissait les fonctions de maréchal général des logis (1).

Indépendamment du camp de Valence, deux postes importants de soldats de la maréchaussée furent établis, l'un à la Côte-Saint-André, l'autre au Grand-Lemps (2).

V

Avec l'année 1754, nous entrons dans une phase nouvelle de l'existence de Mandrin.

---

(1) *Mercure de France* de janvier 1756, p. 186.

(2) Archives de Saint-Étienne, *Documents relatifs à Mandrin*, pièce n° 14.

Jusqu'à présent, nous n'avons étudié que le brigand, que l'homme de pillage et de sang. Nous allons voir maintenant ce misérable jouer un rôle plus ou moins politique, se déclarer l'ennemi des financiers et des traitants, se proclamer enfin le vengeur des droits du peuple méconnus.

Mais reprenons la suite de ce récit.

Le 5 janvier 1754, les compagnons de Mandrin se rendirent sur les terres de Savoie, et apportèrent des marchandises de contrebande, qu'ils déposèrent au village de Curson. Le 7 janvier, Mandrin apprit tout-à-coup que cinq agents de la brigade de Romans le poursuivaient. Alors il laissa une partie de ses hommes pour la garde de ses marchandises, et marcha avec quatre d'entre eux seulement. Bientôt il aborda les employés sans défiance et fit une décharge, qui tua deux agents et en blessa deux autres.

Après ce combat, il eut l'audace de dépouiller l'un des soldats de la maréchaussée et de se revêtir de ses insignes.

Le lendemain, Mandrin apprit qu'un briga-

dier du Grand-Lemps, nommé Dutriet, était
fàché de ne s'être pas trouvé avec la brigade
de Romans. Il lui fit payer bien cher ce senti-
ment d'honneur et de confraternité.

Quelques jours plus tard, en effet, on apprit
que la maison de l'infortuné Dutriet avait été
pillée et saccagée par la horde du brigand
dauphinois (1).

Le 30 juin 1754, Mandrin fit charger des
ballots de tabac sur des mulets, entra dans
Rhodez, et se rendit chez l'entreposeur des
fermiers-généraux. Il avait avec lui cinquante-
deux hommes bien armés. Néanmoins, il entra
seul, pria l'entreposeur de descendre, et étala
sa marchandise, en lui offrant de la vendre à
un prix modéré. L'entreposeur cria à la vio-
lence, à l'injustice. Mandrin lui fit voir par
une croisée les fusils et les sabres qui l'en-
touraient; l'entreposeur compta l'argent et
reçut pour récompense des offres de services,
assaisonnées des plus affreuses railleries.

---

(1) *Notice sur Mandrin*, de Richer, avocat au parlement de Paris, 1788, in-18.

A Mende, Mandrin répéta cette infâme comédie.

Les débitants de Crapone, les buralistes de Brioude et de Montbrison payèrent son tabac de contrebande, comme avaient fait leurs collègues de Mende et de Rhodez. Les bureaux de Nantua, de Bourg, de Châtillon les Dombes, de Charlieu, de Roanne, de Thiers, d'Ambert, de la Chaise-Dieu, de Pradelle, de Saint-Didier et de Saint-Bonnet le Château furent dévalisés de la même manière (1).

Au Puy en Velay, on dit à Mandrin que l'entreposeur avait ses greniers pleins ; il ordonna qu'on les vidât pour la subsistance de sa troupe. Comme on mettait la main à l'œuvre, on vint lui annoncer que ce blé n'était qu'en dépôt, et qu'un marchand le réclamait ; il consentit à le laisser, et ne demanda que 600 livres au propriétaire, seulement, dit-il, « pour lui appren- « dre à ne plus se trouver confondu avec des « commis. »

Plusieurs bureaux, tels que ceux de Saint-

---

(1) *Biographie de Mandrin*, par Saint-Edme, dans son *Répertoire des causes célèbres*, Paris, 1835, in-8°.

Just, de Saint-Trivier et de Saint-Laurent en Franche-Comté, furent également mis à contribution dans les mois suivants.

Pour recruter des bandits, Mandrin força les prisons de Bourg, de Roanne, de Montbrison, de Saint-Amour, de Pont de Vaux et d'Orgelet, se faisant apporter les registres d'écrou, écrivant l'acte de liberté et le signant.

Le 13 décembre 1754, il se rendit à Seurre, et se fit amener les receveurs du grenier à sel et de l'entrepôt, pour leur vendre du tabac de contrebande.

Il leur donna des quittances des sommes payées, et signa : *Le capitaine Mandrin*.

Le 18 décembre 1754, il se présenta sous les murs de Beaune, dont la porte fut défendue avec vigueur, et parvint à extorquer 20,000 l. aux receveurs de la ferme. Le 19, Autun reçut une visite semblable. A ses portes, Mandrin ayant rencontré de jeunes séminaristes qui allaient prendre les ordres à Châlons, les fit rebrousser chemin et les garda comme ôtages jusqu'à ce qu'Autun eût payé la même somme que Beaune.

Le lendemain de son expédition d'Autun (20

décembre 1754), attaqué par un corps de dragons et de hussards de la légion de Fitscher, au village de Guenand, où il s'était retranché, il livra aux troupes du roi le combat le plus opiniâtre, mais il dut céder au nombre; sa bande fut dispersée et il ne se sauva qu'avec peine (1).

VI.

Quatre mois après, le célèbre brigand était arrêté.

Mais laissons parler les annales de la ville de Valence (2).

« Le dimanche 11 mai 1755, les troupes de « Magallon de la Morlière arrêtent, près de « Saint-Genis, en Savoie, au château de Ro-

---

(1) *Biographie universelle de Michaud*, Paris, 1820, article MANDRIN, par M. Weiss.

(2) Extrait donné par M. Martin, curé de Clansayes, dans la *Revue de Vienne*, année 1840.

« chefort, le fameux bandit Louis Mandrin.
« Le mardi 13 mai, sur les neuf heures du
« matin, il est mis en prison à Valence. En
« douze jours, M. Levet instruit son procès.
« Le 24 mai, Louis Mandrin est jugé. Le jeudi
« suivant fut le jour de son exécution, à la vue
« de plus de six mille étrangers. Voici com-
« ment cela se passa :

« Les portes de la ville étant closes, le régi-
« ment de Talaru et les brigades de maré-
« chaussée de Tournon et de Saint-Vallier es-
« cortant Louis Mandrin, il fit amende hono-
« rable à la porte de l'église de Saint-Apolli-
« naire. Le R. P. Gasparini, jésuite, son con-
« fesseur, l'accompagna à l'endroit du sup-
« plice. Louis Mandrin, après avoir montré
« un grand repentir de ses crimes, monte avec
« courage à l'échafaud dressé sur la place aux
« Clercs, défait les boutons de ses manches,
« retrousse sa chemise et sa culotte, et reçoit
« d'un air calme, sans le moindre soupir, neuf
« coups sur les bras et sur les jambes ; huit
« minutes après, on l'étrangle. Mgr de Milon,
« évêque de Valence, fit faire le portrait de
« L. Mandrin par Treillard, peintre de Lyon. »

Une circonstance singulière signala le jour de la mort de Mandrin. Au moment même où ce misérable expirait dans les tortures, une tragédie en trois actes, par Lagrange (de Montpellier), intitulée : *La Mort de Mandrin*, fut représentée à Nancy pour la première fois.

C'était, si je ne me trompe, savoir exploiter l'actualité avant le dénoûment tragique.

Auteurs et éditeurs du xixe siècle, voilà votre maître.

Qu'il me soit permis, avant de terminer, d'adresser des remerciements sincères à toutes les personnes qui ont bien voulu m'éclairer de leurs lumières, m'encourager par leurs conseils. Parmi ces personnes, je ne dois pas oublier M. Marnier, bibliothécaire de l'ordre des avocats à Paris (1). Son obligeance est sans bornes, comme son savoir.

J'arrive à la fin de ce travail, qui, à défaut

---

(1) Savant éditeur du *Conseil de P. de Fontaine*, des *Arrêts de l'échiquier de Normandie*, et des *Coutumiers d'Anjou et de Picardie*.

d'autre mérite, aura du moins celui de ne pas ressembler aux écrits précédemment publiés sur le célèbre contrebandier dauphinois. Ce que j'ai voulu, je crois l'avoir atteint; j'ai voulu faire une œuvre historique et non pas un roman; j'ai voulu raconter la vie de Mandrin d'après des documents officiels et, jusqu'à présent, presque tous inédits; ma position personnelle m'a permis de fouiller les archives de Saint-Étienne de Saint-Geoirs, archives dont s'étaient assez peu préoccupés les écrivains qui ont parlé de Mandrin avant moi. C'est au lecteur de dire si j'ai fait une œuvre intéressante. Quant à moi, je crois pouvoir dire que j'ai fait une œuvre consciencieuse.

Que s'il fallait à cette œuvre, quelle que soit sa valeur littéraire, une conclusion, cette conclusion serait facile à tirer. Elle consisterait à nous féliciter du progrès des mœurs, de l'efficacité des lois et des moyens de répression, qui rendent désormais impossible la longue impunité de pareils crimes et le développement d'aussi dangereuses individualités.

PIÈCES JUSTIFICATIVES.

LETTRE INÉDITE

DE M. DE MARCIEU, GOUVERNEUR DU DAUPHINÉ,
AU CHATELAIN DE SAINT-ÉTIENNE.

Grenoble, le 50 novembre 1754.

Je dois vous informer, Monsieur, qu'en conséquence
des ordres du roi, qui m'ont été adressés par M. le comte
d'Argenson, il est deffendu (*sic*) aux habitants des Villes,
Bourgs et Villages de cette Province de donner azile aux
Contrebandiers, et de les favoriser en quelque manière que
ce puisse être; leur enjoignant, au contraire, de sonner le
tocsin, lorsqu'ils approcheront de quelque lieu, et de leur
courre-sus, comme à des ennemis de l'État et des perturbateurs de la tranquilité publique.

Je dois vous prévenir aussi que des ordres ont été
donnés aux Troupes du Roi, pour suivre les bandes de
Mandrin partout où elles iront dans le royaume; ainsi, si
ces Troupes du Roi passent dans votre territoire, vous
aurez soin de leur faire fournir, en payant, les vivres dont

elles auront besoin, et tous les secours qui leur seront nécessaires; mais le logement doit leur être fourni gratis.

Je suis, Monsieur, parfaitement à vous.

Le Comte de MARCIEU.

A Monsieur le châtelain Buisson, à St-Etienne de St-Geoirs, élection de Romans, par l'entremise de M. de Maucune, subdélégué, à Romans.

LETTRE INÉDITE

DE M. DE LA PORTE, INTENDANT DU DAUPHINÉ, AUX CONSULS ET OFFICIERS MUNICIPAUX DE LA COMMUNAUTÉ DE SAINT-ÉTIENNE.

A Paris, le 14 mai 1755.

Le bien du service du Roi exigeant, Messieurs, que je sois exactement informé de l'entrée dans le Royaume des bandes de Mandrin, qui, depuis quelque temps, infestent le Dauphiné, du jour et de l'heure de leur passage dans les différentes communautés de cette Province, afin de pouvoir prévenir les excès et les violences qu'elles pourroient y commettre, vous aurez à l'avenir la plus sérieuse attention à informer sur le champ, par des lettres

que vous enverrez par des Exprès au plus prochain de mes
Subdélégués, ou à moi directement, de tous les passages de
bandes armées, qui viendront à votre connoissance, du jour,
de l'heure à laquelle ils auront eu lieu, du nombre d'hommes à pied et à cheval dont elles seront composées, si
elles conduisent des marchandises, ou si elles marchent à
vuide (*sic*), de la route par laquelle elles seront parvenues
dans votre communauté, celle qu'elles auront suivie en en
sortant, du lieu dans lequel elles auroient publié être dans
le dessein de se rendre, si elles ont commis quelques excès,
ou fait quelques exactions; en un mot, vous ne me laisserez
rien ignorer de tout ce qui viendra à votre connoissance à
ce sujet.

Je vous préviens, Messieurs, que dans le cas auquel
il viendroit à ma connoissance, que vous auriez négligé de
satisfaire à l'Ordre que contient cette Lettre, je ne pourrai
me dispenser vis-à-vis de vous, de faire exécuter à la
rigueur les Ordonnances du Roi. Je vous crois trop zélés
pour le bien de son service pour n'être pas persuadé que
dans une occasion aussi intéressante que celle-ci pour
l'État, vous ne me donnerez que lieu de rendre un compte
avantageux de votre exactitude.

Je suis, Messieurs, votre serviteur.

DE LA PORTE.

PRÉCIS

DE LA VIE DE LOUIS MANDRIN, CHEF DE CONTREBANDIERS,
AVEC UN RÉCIT DE SA PRISE ET DE L'EXÉCUTION DE SON
JUGEMENT [1].

Louis Mandrin, d'une famille obscure, né à Saint-Étienne de Saint Géoirs, village près la Côte Saint-André, en Dauphiné, prit en France parti dans les troupes dès qu'il fut en âge de porter le mousquet. Il déserta, il rentra bientôt dans le royaume, où deux de ses frères et lui se mirent à faire de la fausse monnaye. Recherchés et jetés en prison à Grenoble, l'un d'eux fut pendu, l'autre fut envoyé aux galères. Mandrin échappa à la justice : on ne l'en condamna pas moins, dit-on, par contumace, à la potence. Se voyant proscrit et ne sçachant où donner de la tête, son premier métier fut celui de maquignon, qu'il exerça pendant quelques années : mais ayant commis un assassinat, il fut encore condamné par contumace à être rompu vif par arrêt du parlement de Grenoble. Il se porta ensuite pour chef d'une troupe de contrebandiers, gens sans aveu et proscrits comme

1. Imprimé et vendu le jour même de l'exécution, le *Précis* que nous donnons ici contient sur Mandrin quelques erreurs accréditées dont notre collaborateur M. A. Simian a déjà fait justice dans le travail consciencieux qu'on vient de lire. Nous avons cru néanmoins devoir publier textuellement cette pièce, qui renferme des détails intéressants et peu connus sur la fin du célèbre contrebandier.

lui. Ses exactions, ses meurtres et autres faits, qui ont été en cours pendant environ deux ans, sont connus par le jugement rendu à Valence le vingt-quatre mai 1755. Mandrin avec Saint-Pierre, frère de son major, et cinq à six autres de ses gens, furent surpris la nuit du dix au onze mai par les commis des fermes du Dauphiné, qui s'étaient déguisés. Il ne fit aucune résistance, et on le conduisit à Valence sous une forte escorte.

Les quatre premiers jours on permit à tout le monde de parler au prisonnier; il répondit assez poliment à toutes les questions qu'on lui faisoit, quand elles n'étoient pas indiscrètes; d'autres fois il répondait brusquement, surtout aux Religieux et aux Ecclésiastiques: il est vrai qu'il ne s'est échappé que lorsqu'il étoit dans le vin. M. Levet avoit ordonné qu'on lui donnât ce qu'il demanderoit; il est faux que Mandrin lui ait tenu des discours insolens, comme on l'a dit; loin de là, il lui a toujours parlé avec respect. On l'examinoit soir et matin; on le confronta avec deux de ses valets; Mandrin répondit à la confrontation de l'un d'eux, nommé le Grand Bertier, qu'il ne falloit pas s'en tenir à la déposition d'un valet. Le nommé Lapierre, conducteur de ses chevaux, et déserteur des volontaires de Gantès, répliqua qu'on ne devoit pas le suspecter d'en imposer à la justice de la terre, se trouvant sur le point d'aller paroître devant le souverain Juge. Il fut successivement confronté avec d'autres prisonniers de sa troupe, témoins de ses forfaits; mais il répondit que la probité exigeoit de lui de ne rien dire sur le fait d'autrui, que cela ne le regardoit pas. Un garçon perruquier, détenu comme lui pour fait de contrebande, fut élargi, sur la preuve établie, après la déposition de Mandrin, que ce dernier l'avait forcé quelques jours auparavant d'entrer dans sa troupe uniquement pour le raser. Quelque résolu que parût Mandrin, le supplice de deux de ses camarades et leurs bonnes dispositions à souffrir la mort pour expier leurs crimes, firent sur lui quelque impression, au moment surtout que l'Exécuteur de la justice s'en saisit pour les conduire sur l'échaffaud ; mais il alla bientôt noyer dans le vin les sombres pensées qui l'agitoient. Endurci dans le crime il n'avoit point de confiance aux Ecclésiastiques ; il avoit déclaré qu'il ne vouloit se confesser ni à prêtre ni à religieux de la ville. Une dame de la charité qui l'avoit vu tous les jours dans la prison, renouvella son instance pour l'engager à se confesser, le samedi vingt-quatre mai, jour auquel il avoit été jugé ; mais cette dame respectable ne put rien obtenir. Le lendemain elle fut plus heureuse : elle lui parla avec tant d'onction qu'elle lui fit verser des larmes. Le voyant touché, elle lui proposa pour confesseur le Père Gasparini, Jésuite italien, homme de mérite, de la maison de Tournon, qui étoit pour lors chez M. l'Évêque de Valence. Elle fut dire à M. Levet l'état où elle avoit laissé Mandrin. M. Levet se fit porter à la prison, et lui annonça qu'il venoit le voir non pas comme son juge, mais comme son ami ; qu'il vouloit lui procurer ce dont il pouvoit avoir besoin, qu'il ne pouvoit assez l'exhorter à rentrer en lui-même et retourner à Dieu. M. Levet le toucha si fort, qu'il répandit beaucoup de larmes. Il lui envoya le Révérend Père Gasparini dont il avoit fait un éloge pour le toucher davantage. On rapporte que ce Père entra d'abord avec lui en conversation sur des sujets indifférens, qu'il lui parla ensuite de l'affaire de son salut, et qu'enfin il le détermina à se confesser. Le criminel vouloit le remettre au lendemain; mais ce Père, qui sçavoit que Mandrin devoit être exécuté le vingt-six, l'engagea à commencer sa confession le dimanche, il l'acheva le lundi, après qu'on lui eut lu son jugement. Il fit cette œuvre de religion avec les démonstrations de la plus vive douleur. Ce grand criminel fut exécuté sans avoir été appliqué à la question, parce que à l'instant qu'on commençoit à l'y présenter, il avoua quelques crimes dont il n'avoit pas voulu convenir auparavant. Il porta sur l'échaffaud le même front qu'il avait eu aux combats de Beaune et de Grennan, mourant plus chrétiennement que le nombre et la griévelé de ses crimes ne sembloient le promettre. Il encourageoit ceux qui s'étoient chargés de l'exhorter; il était bien différent de lui-même et du moment où, parlant à l'un des siens pris avec lui, il lui disoit d'un ton de fanfaronade, le voyant beaucoup pleurer, qu'il ne valoit pas la peine de s'attrister, qu'un mauvais quart-d'heure est bientôt passé. Sa physionomie, qui n'avait rien de farouche au premier coup d'œil, intéressait tout le monde. Ses juges forcés de le condamner ne purent lui refuser de la pitié; le bourreau même ne put retenir ses larmes. Ce n'est pas moi, lui dit Mandrin, ce sont mes crimes que tu dois pleurer; puis l'embrassant : Fais ton devoir, mon ami, le plus promptement que tu pourras. Il s'était arrêté à deux pas de l'échaffaud pour en examiner la construction avec une hardiesse qui sans doute étoit le signe d'une parfaite résignation. Il monta avec fermeté, il parla peu, et on ne put entendre que ces paroles : Jeunesse, prenez exemple sur moi ; et vous, employés, je vous demande pardon. Aurait-on cru que c'étoit la voix de cet homme qui tant de fois leur causa tant de grandes alarmes? Dans l'instant où on alloit le frapper : J'ai besoin dit-il, de toutes mes forces : donnez-moi

s'il vous plaît de l'eau de la Côte; le père Gasparini qui avoit
de cette liqueur lui en présenta. Mandrin en but. On lui en
frotta le visage. Le Révérend Père qui se trouva mal s'en
servit aussi. Mandrin s'étoit déshabillé lui-même, il avoit
fait signe qu'il étoit inutile de lui couvrir le visage. A peine
eut-il reçu les neuf coups, qu'il fut étranglé : adoucissement
à son supplice qui honore l'humanité de ses juges. Ainsi
expira à cinq heures et demie du soir, le lundi vingt-six
mai 1755, et termina sa bruyante carrière ce chef des
contrebandiers qui avoit eu la témérité de combattre M. de
Fitscher, et que le hazard favorisa au point de lui échapper.
Ainsi finit moins troublé que tous les spectateurs, Louis
Mandrin, âgé, disent les uns, de vingt-neuf ans, et les
autres, de trente-neuf, deux années après son entrée dans
la contrebande. Il étoit d'une taille d'environ cinq pieds
quatre pouces, très-bien prise; il avoit le regard vif, la
jambe belle, le visage long, les yeux bleus et les cheveux
châtain-roux: tout prévenoit dans sa figure. Il n'était pas
absolument dénué de certaines qualités de l'âme; il avoit
la répartie vive et juste. S'il eût cultivé en lui les bonnes
influences de la nature, on présume qu'il eût pu être autre
chose qu'un grand scélérat. Il étoit très robuste, juroit beaucoup, fumoit sans cesse, buvoit et aimoit excessivement la
bonne chère: il étoit en tout tems moins sanguinaire que
ses camarades. Le matin de l'exécution, son confesseur lui
parlant d'un commis au Coche du Rhône à qui il avoit donné
la vie sauve, Mandrin répondit : J'oublie aisément mes
bienfaits.

Il avoit demandé d'un autre ton à la dame qui lui parloit
de confession et de salut, combien il y avoit de cabarets
d'ici en paradis, ajoutant qu'il n'avoit que six livres à

dépenser sur la route. Ces mots et d'autres recueillis de la bouche de Mandrin serviront à caractériser le fond de son âme.

Il est certain qu'il conduisoit toutes les marches et contre-marches, et qu'il dirigeoit les opérations de sa troupe. Quelques personnes qui croient connaître le génie des autres contrebandiers, prétendent qu'aucun ne sçauroit entièrement le remplacer. Du Rhin à la Méditerranée, sur quarante lieues de large, il n'ignoroit pas un sentier.

On raconte que dans l'un des entretiens que Mandrin eut seul avec M. Level, il lui dit que trois différentes fois, il avait eu occasion, s'il l'eût voulu, de le tuer ou faire enle-ver par sa troupe, et il lui en cita les circonstances.

Chanson sur la vie de Louis Mandrin

AUGMENTÉE DE SA MORT.

Sur l'air des *Pandos*.

—

Or écoutez, jeunes et vieux,
L'histoire d'un homme fameux,
Qui fait tant parler de sa vie,
Et qui par sa grande industrie,
De paysan devint un Monsieur,
C'est ce qui lui porta malheur.

Il naquit donc en Dauphiné,
Mandrin qu'on a déjà roué,
Pays si fertile en grands hommes,
Avouons-le tant que nous sommes,
Que tous les gens qui y sont nés,
Y voient bien plus loin que leur nez.

Qui fut sa mère? On le sçait bien;
Son père en lui fit un vaurien:
Mais enfin, quel qu'il dût être,
On lui donna de très-bons maîtres,
Qui le firent en peu de mois
Un vrai madré des plus adroits.

Il n'avait pas encore huit ans,
Qu'il montrait déjà des talens,
Beaucoup audessus de son âge;
Tous les enfants de son village
Ils l'appellaient le fin Renard.
Mais il courut de grands hazards.

Hélas! nous le sçavons bien tous,
Que le mérite a des jaloux :
A Grenoble ainsi qu'à Valence :
Mandrin en fit l'expérience;
Je m'en vais vous dire comment :
Ecoutez attentivement.

L'an mil sept cent cinquante deux.
Antoine le cadet des deux,
De Louis il était le frère,
Pour certaine fâcheusè affaire,
Fut pendu très réellement
Par ordre exprès du Parlement.

Le même jour Louis, hélas!
Fut roué, mais il n'y était pas;
Car il le fut en effigie,
Et si pour conserver sa vie,
Il n'eût pris la fuite bien fort
Il aurait été mis à mort.

Elu chef de contrebandiers;
A tous nos seigneurs les fermiers
Il se mit à faire la guerre

Et sur les eaux et sur la terre.
Dieu préserve ses serviteurs,
De la potence et des voleurs !

On l'a vu dedans Montbrison
A Bourg, à Cluny près Mâcon,
Qui sont des pays de Cocagne,
Et bien meilleurs que l'Allemagne,
Enfiler avec grand fracas,
Les commis et les chapons gras.

Il massacrait de tout côté,
De personne il n'avait pitié;
Et les dames toutes tremblantes
S'enfuyaient avec leurs servantes,
Il ne craignait Dieu ni le Roi,
Le méchant n'avait point de foi.

Allant aux bureaux de tabac,
Il en grapillait plus d'un sac
Qu'il vendait à cent sols la livre.
Il pillait or, argent et cuivre;
Aux fermiers donnait ses billets,
Qui les trouvaient assez mauvais !

Tôt ou tard le Dieu souverain,
Punit un homme libertin.
Il permit qu'aux portes de France,
Mandrin, dormant sans défiance
Fut pris miraculeusement.
Dieu lui pardonne au jugement !

Par des gardes il fut enlevé,
Qui le tinrent très resserré,
On le conduisit à Valence,
Lieu remarquable dans la France.
Quand il y fut emprisonné,
Il parut un peu étonné.

La Justice avec grand'raison,
Le fit présenter à question,
Pour lui faire avouer ses crimes,
Au Puy, Beaune, Autun, ses victimes;
Mais l'impoli fit un gros pet
Pour dernier coup de pistolet.

Le juge pardonna le coup,
Pour de sa bouche sçavoir tout,
Mandrin avoua ses offenses,
Mon ami, fais en pénitence;
Si tu meurs aussi criminel,
Tu feras un péché mortel

Or donc Monsieur le juge en pleurs,
Parlait comme un prédicateur:
Mais Mandrin s'amusait à boire
Au lieu de changer et de croire,
Une troupe de gens pieux,
Qui venaient lui parler de Dieu.

Une dame de grand renon,
Qui le visitait en prison,
L'exhortait à sauver son âme;

Mais l'impie lui dit : Madame :
Allant d'ici en paradis,
Combien compte-t-on de logis ?

Le malheureux ne voulait point
Se confesser en bon chrétien ;
Il blasphémait comme un corsaire,
Il envoyait faire lanlaire
Petits collets, grands capuchons,
Sans y mettre trop de façons ;

Alors on dit que Monseigneur,
Qui se connait en Directeur,
Lui en choisit un fort habile,
Depuis peu venu à la ville.
Mon Père, lui dit-il, je veux,
Que vous meniez Mandrin aux cieux.

Le saint homme obéit d'abord.
Il dit à Mandrin qu'il a tort.
Mon enfant, ta cause est jugée ;
Tu vois ta fortune changée ;
Tu pourrais bien être roué,
Et même perdre la santé.

Je n'oserai jamais le voir
Dans la peine et le désespoir.
Tu seras en grandes détresses,
Il faut donc que tu te confesses,
Sinon, je t'assure aussitôt
Que tu mourras en huguenot.

Par la grace du Saint-Esprit,
Alors Mandrin se convertit;
Il se confessa tout de suite :
Son confesseur plein de mérite,
Sur l'acte de contrition,
Lui donna l'absolution.

Il embrassa de tout son cœur
Le bourreau son exécuteur.
En passant devant une église,
Quoiqu'il n'eût rien que sa chemise
Il fit la génuflection
Tant il avait de dévotion.

Il fut conduit à l'échafaut
Que l'on avait dressé en haut.
Sur la croix soudain on le couche
Le Bourreau n'ouvrait pas la bouche;
Mais le Père lui dit, mon fils,
Tu souperas en Paradis.

Enfin le Bourreau lui cassa
Les os des jambes et des bras,
Avec ceux des reins et des cuisses,
Et Mandrin pendant ses supplices,
Priait bien fort l'agneau Paschal,
Et disait qu'on lui faisait mal.

Quand il eut les membres rompus,
Sur la roue il fut étendu.
A la fin par miséricorde,

On lia son cou d'une corde,
Par ordre de Monsieur Level
Pour qu'on lui coupa le sifflet.

Or prions tous dévotement
Dieu et ses saints semblablement,
Qu'ils nous préservent de mal faire,
Tant que nous serons sur la terre,
De peur de tomber en enfer
Avec Judas et Lucifer.

Peuple chrétien, qui m'écoutez,
De cet exemple profitez.
Ne faites plus la contrebande,
Pleurez vos fautes qui sont grandes,
Et vous pourrez comme Mandrin
Faire une glorieuse fin.

FIN.

Permis d'imprimer à Lyon le 5 juin 1755. DELAFRASLE.

JUGEMENT SOUVERAIN

Du 24 mai 1755.   Exécuté le 26 dudit mois.

Gaspard Level, seigneur de Malaval, conseiller, sécretaire du roi, commissaire du conseil, nommé par arrêts des 3 décembre 1738, 2 octobre 1742 et 2 avril 1743, pour instruire et juger souverainement, et en dernier ressort, les procès criminels des contrebandiers, emploïés infidèles, et ceux des faux-sauniers, leurs fauteurs et complices, dans les provinces de Dauphiné, Provence, Languedoc, Lyonnois, Bourgogne, Auvergne, Rouergue et Quercy.

Vu ledit arrêt du conseil, du 3 décembre 1738, et la commission du Grand-Sceau sur icelui du même jour, etc.

Nous, commissaire du conseil susdit, par jugement souverain, et en dernier ressort, en vertu du pouvoir attribué par ledit arrêt du 3 décembre 1738, de l'avis des gradués, juges assesseurs de la commission, au nombre requis par l'ordonnance, avons déclaré Louis Mandrin, natif de Saint-Etienne de Saint-Geoirs, en cette province du Dauphiné, dûment atteint et convaincu d'avoir fait la contrebande avec attroupement et port d'armes, depuis deux années qu'il a été obligé de quitter son domicile audit lieu de Saint-Geoirs, à l'occasion des poursuites faites contre lui pour raison d'accusations de fabrication et exposition de fausse monnoie, et d'un assassinat. Et notamment d'avoir été le principal chef de la bande de onze à douze contrebandiers, dont cinq à six se détachèrent au village de Curson, le 7 janvier de l'année dernière, pour aller à la rencontre de cinq emploiés de la brigade de Romans, qui se laissèrent approcher, croyant qu'ils étaient de quelqu'autre brigade, et profitant de cette surprise, les fusillèrent, en tuèrent deux, en blessèrent deux autres, dont un mourut deux jours après de ses blessures ; volèrent les armes desdits emploiés, le cheval du brigadier qui fut du nombre des morts, son manteau et son chapeau bordé en or, que ledit Mandrin a porté, et la nuit du 8 au 9 allèrent chez le nommé Durret, emploié de la brigade à cheval du Grand-Lemps, et après l'avoir maltraité et menacé de la mort, volèrent ses armes et obligèrent sa femme de les conduire à l'écurie, où ils prirent le cheval dudit Durret. De celle de plus de trente, qui, le 7 juin suivant, attaqua les emploiés dans leur corps de garde, au Pont de Claix, sur le Drac, après en avoir fait ouvrir la porte par surprise, tua un desdits emploiés, en blessa plusieurs, vola leurs armes et effets, ainsi que quelques-uns appartenans à un particulier qui avait son habitation près dudit corps de garde. De ceux faisant la plus grande partie de ladite bande, qui, le 10, firent feu près du village de Laine, sur des emploiés de la brigade de Taulignan, qui suivaient le grand chemin de cette ville à Montélimart, pour se rendre à leur poste, en tuèrent un, en blessèrent trois autres, dont un mourut peu de jours après. Du nombre des trois de la même bande qui, le lendemain 11, étant restés au cabaret de Tioulle, paroisse de Saint-Bazile, en Vivarois, fusillèrent devant ledit cabaret

un sergent du régiment de Belsunce, le supposant être un
emploïé ou un espion; laquelle bande aila dans le Rouergue
où elle commit plusieurs désastres, et entre autres, le 23,
tua une femme enceinte à Saint-Rome de Tarn, chez laquelle un particulier, poursuivi par quelques-uns desdits
contrebandiers, vouloit se réfugier. Le 30, força l'entreposeur de Rhodez à prendre de leur tabac, et de les païer
au prix que ledit Mandrin fixa; et elle écrivit au subdélégué
de l'intendance pour faire rendre les armes déposées à la
maison de ville, saisies quelques années auparavant sur
d'autres contrebandiers. Le 3 juillet suivant, fit aussi prendre de force des tabacs à l'entreposeur de Mende. Et le 9
dudit mois, d'avoir, ledit Mandrin, se retirant en Savoie ou
en Suisse, et passant avec sa troupe audit lieu de Saint-
Etienne de Saint-Geoirs, tué le nommé Sigismond-Jacques
Morel, ci-devant emploïé, et un enfant de dix-huit mois
qu'il tenait entre ses bras, soupçonnant ledit Morel d'avoir
été cause que Pierre Mandrin, son frère, qui a subi la
peine de mort pour fausse monnoie, avoit été arrêté. D'avoir
été le principal chef de celle qui pénétra sur la fin du mois de
juillet dernier dans la Franche-Comté, tua, blessa et vola
plusieurs emploïés des brigades de Mouthe et Chauneuve.
Et aussi le principal chef de celle qui pénétra de Savoie en
France le 20 août suivant. Força, le 26, l'entrepreneur de
tabac à Brioude, de lui compter une somme d'argent, sous
prétexte d'un dépôt dans son bureau de quelques balots de
tabac. Le 28, des débitants de Crapone à lui païer aussi
une somme, pour raison de la remise de quelques tabacs,
ainsi que l'entreposeur de Montbrison, où elle força les prisons et en fit sortir onze prisonniers. Arrêta, le 2 septembre,
passant à Pont de Velle en Bresse, deux emploïés de la
brigade de Cormoranche, auxquels elle vola la plus grande

partie des appointements de la brigade, dont ils étaient porteurs. Et le 5, tira, près du château de Joux, sur des emploïés qu'elle rencontra, dont un fut tué et d'autres blessés. D'avoir été de la nombreuse bande, aussi comme principal chef, qui pénétra de Savoie en Bugey, la nuit du 3 au 4 octobre dernier, fit des exactions sur plusieurs recéveurs de l'adjudicataire général des fermes du roi, sous prétexte qu'elle leur laissait quelques balots de faux tabac. Le 4, à Nantua; le 5, à Bourg en Bresse; le 6, à Châtillon les Dombes; le 9, à Charlieu, à Roanne le même jour; les 10, 11, 12, 13 et 14, à Thiers, Ambery, Marsal, Arlan et la Chaise-Dieu. Le 16 fit payer une somme de six cents livres aux propriétaires des grains qui étoient dans les greniers de la maison occupée par l'entreposeur du Puy, pour ne pas les enlever. Les 17, 18, 20, 21 et 22, continua ses exactions sur les receveurs, entreposeurs et débitants, à Pradelle, Langogne, Tance, Saint-Didier, Saint-Bonnet le Château. Le 23 à Montbrison et à Boën, et le 24, pour la seconde fois, à Charlieu. Tira, le 7, sur le postillon conduisant la diligence par eau de Lyon à Châlon, blessa un des chevaux, et ledit Mandrin monta sur ladite diligence pour voir si quelques personnes qu'il cherchoit n'y étoient pas. Le 9, passant à Saint-Just en Chevalet, y fit perquisition des emploïés, sur lesquels il fut tiré, et l'un d'eux blessé dangereusement; les armes et effets, ainsi que ceux du brigadier, furent pillés et volés. Força le 16, le bureau de l'entrepôt du Puy et maison de l'entreposeur, vola, pilla ou brisa le tabac, effets et meubles dudit entreposeur; blessa deux emploïés qui avoient été préposés à la garde dudit entrepôt; pilla aussi le 21, à Saint-Didier, le 22 à Saint-Bonnet, le 25 à Cluguy et le 27 à Saint-Trivier, les maisons de divers emploïés desdits lieux, ainsi que le 28 à Saint-Laurent en Franche-Comté, où elle tua un employé, vola aussi différents effets dans une maison d'Argelet, le 27. Força les prisons de Bourg, Roane, Thiers, le Puy, Montbrison, Clugny, Pont de Vaux, Saint-Amour et Orgelet, et y enleva plusieurs prisonniers, comme encore de s'être trouvé à la tête de celle qui pénétra de Suisse en Franche-Comté, la nuit du 14 au 15 décembre dernier. Tira le 16 sur des cavaliers du régiment d'Harcourt, qui passoient près d'un cabaret où ladite bande étoit arrêtée, en tua un, vola ses armes, habits, chapeau et manteau. Le 17, se rendit à Seurre en Bourgogne, y fit perquisition des employés, vola les effets du capitaine général, après avoir enfoncé les portes de son appartement et commode; força les receveurs du grenier à sel et de l'entrepôt du tabac à lui païer une somme d'argent, et ce dernier à lui donner une reconnaissance d'un nombre de balots de faux tabacs, qu'elle laissa dans son bureau, où il fut obligé de les recevoir. Força le 18, la garde bourgeoise d'une des portes de la ville de Beaune, après avoir fait ses dispositions à quelque distance de ladite ville pour y réussir, sur l'avis qu'elle eut qu'on y montoit la garde, tua deux bourgeois qui en faisoient partie, et en blessa d'autres; tua aussi un soldat qui étoit dans ladite ville par congé, qui se trouva par hasard sur le rempart près ladite porte, obligea le maire à venir au faubourg parler audit Mandrin, pour traiter de la somme qu'elle vouloit exiger; contraignit ledit maire d'écrire aux receveurs du grenier à sel et de l'entrepôt du tabac d'apporter la somme convenue, et fixée par ledit Mandrin à 20,000 livres, ce qui fut exécuté par lesdits receveurs; laquelle bande força encore le 19 le maire et les habitants d'Autun, à lui ouvrir les portes de la ville, menaçant d'en escalader les murs, de mettre les faubourgs à feu et à sang, et d'emme-

ner avec elle un nombre de jeunes ecclésiastiques qu'elle
avoit rencontrés à quelque distance de ladite ville, allant
recevoir les ordres à Chàlon, qu'elle avoit obligés de revenir
avec elle, et gardés par forme d'ôtage jusqu'à ce qu'elle
eût reçu la somme qu'elle vouloit du receveur du grenier
à sel et de l'entreposeur du tabac, laquelle fut réglée
et convenue dans la maison de ville, où ledit Mandrin et
deux autres de sa troupe se rendirent, la plus grande partie
de la bande étant demeurée au devant dudit hôtel de ville,
combattit le 20 au village de Grenant, paroisse de Brion,
contre les troupes du roi, sur lesquelles elle fit feu la première, tua et blessa plusieurs officiers, soldats, dragons et
hussards, et tant à Seurre qu'à Autun, força les prisons et
en fit sortir les prisonniers ; d'avoir rassemblé ensuite
trente un ou trente deux desdits contrebandiers de ladite
bande, à la tête desquels ledit Mandrin se mit ; lesquels
volèrent le 21 quatre chevaux, armes et équipages de quatre
cavaliers de maréchaussée au lieu de Dompierre en Bour-
bonnois : le 22 assassinèrent au lieu du Brueil, cinq emploiés de la brigade de Vichy ; quoique quelques-uns
demandassent la vie à genoux ; le 23 un particulier au
lieu de St-Clément, sous prétexte qu'il ne vouloit pas leur
indiquer les maisons où étoient les emploiés, qu'ils croïoent
qu'il y avoit dans ledit lieu ; le même jour et le 24, obligèrent par différentes violences et menaces, les receveurs
de Cervières et de Noire-Table, à leur compter une somme
d'argent, et dans le dernier lieu tirèrent contre la porte de
la maison du brigadier des fermes, blessèrent sa femme qui
étoit derrière pour l'ouvrir, laquelle mourut quelques jours
après de sa blessure.; le 25, firent exaction sur un des débitants de la Chaise-Dieu, et le 26, firent feu sur la cavalerie
des volontaires de Flandre et de Dauphiné, au lieu de la

Sauvelat dans le Velay, et tuèrent un maréchal des logis;
et enfin ledit Mandrin, d'avoir en outre écrit et signé la
plus grande partie des reçus des sommes exigées desdits
receveurs, entreposeurs et débitants, dans quelques-uns
desquels il a déclaré que les sommes exigées ne lui avoient
été payées qu'à force de violences et de menaces; et d'avoir
écrit lui même sur les registres d'écrou des prisons de Bourg
et de Seurre, l'attentat par lui fait sur lesdites prisons :
Pour réparation de quoi, et des autres crimes et cas résul-
tans du procès, avons condamné ledit Louis Mandrin a être
livré à l'exécuteur de la haute justice, qui le mènera nu en
chemise, la corde au col, aïant un écriteau où seront ces
mots, en gros caractères : Chef des contrebandiers, criminels de léze majesté, assassins, voleurs et perturbateurs du repos public, et tenant en ses mains une
torche de cire ardente, du poids de deux livres, audevant
de la porte de l'église cathédrale de cette ville, qui fait
face à la rue de la Pérollerie, où ledit Mandrin, nue
tête et à genoux, fera amende honorable, et déclarera à
haute voix qu'il demande pardon à Dieu, au roi et à la
justice, de tous ses crimes et attentats, sera ensuite conduit
à la place des Clercs, et là aura les bras, jambes, cuisses
et reins rompus vif, sur un échafaud qui sera à cet effet
dressé; mis ensuite sur une roue, la face tournée vers le
ciel pour finir ses jours; après quoi son corps mort sera par
ledit exécuteur exposé aux fourches patibulaires de cette dite
ville, préalablement ledit Mandrin appliqué à la question
ordinaire et extraordinaire, pour avoir par sa bouche la
vérité d'aucuns faits résultant du procès, et la révélation
de ses complices. Déclarons tous et chacun ses biens con-
fisqués au roi, sur ceux préalablement pris la somme de
dix mille livres d'amende en cas que confiscation n'ait lieu

au profit de Sa Majesté, et encore sur iceux pris la somme de mille livres aussi d'amende envers ledit Jean-Baptiste Bocquillon, adjudicataire général des fermes, et les dépens du procès : a quels amendes et dépens, avons condamné ledit Mandrin, envers ledit Bocquillon, aïant égard à la requête du jour d'hier. Et sera le présent jugement imprimé, lu, publié et affiché dans toutes les villes et lieux dénommés icelui, et partout ailleurs qu'il appartiendra. Donné dans la chambre criminelle du présidial de Valence, en Dauphiné, le 24 mai 1755. Signés, Level, Gaillard, Luillier, Bolozon, Bachasson, Rouveire, de Létang et Cozon.

Et au bas est écrit : Le 26 mai 1755, le jugement ci-devant a été lu par moi, greffier de la commission soussigné, audit Louis Mandrin, et exécuté le même jour, suivant sa forme et teneur. Signé, Leprieur.

TABLE

DES MATIÈRES.

APPENDICE. — PIÈCES JUSTIFICATIVES.

ERRATA.

Page 23, ligne 13, au lieu de : *Jean* Boulier, procureur d'office, lisez : *Michel* Boulier.

Page 34, avant-dernière ligne, au lieu de : on fit *faire* feu, lisez : on fit *faux* feu.

Page 41, 2e ligne, au lieu de : *le 1er mars*, lisez : *le 30 mars*.

www.ingramcontent.com/pod-product-compliance
Lightning Source LLC
Chambersburg PA
CBHW060453260626

47161CB00005B/2081